In den wundersamen und komischen Gedichten und Geschichten von Robert Gernhardt und den magischen Bildern von Almut Gernhardt eröffnen sich rätselhafte Welten und abenteuerliche Reisen. Gemeinsam erzählen sie von Menschen und Tieren, von Mut und Angst, von Spiel und Ernst, von Freundschaft und Liebe. Ein großes Vergnügen an Wort und Bild für Jung und Alt.

Die sechs Kinderbücher sind im Fischer Taschenbuch Verlag lieferbar: ›Ich höre was, was du nicht siehst‹, ›Mit dir sind wir vier‹, ›Ein gutes Schwein bleibt nicht allein‹, ›Was für ein Tag‹, ›Der Weg durch die Wand‹ und ›Feder Franz sucht Feder Frieda‹.

Robert Gernhardt (1937–2006) lebte als Dichter und Schriftsteller, Maler und Zeichner in Frankfurt am Main und in der Toskana. Er erhielt zahlreiche Auszeichnungen, darunter den Heinrich-Heine-Preis und den Wilhelm-Busch-Preis. Sein umfangreiches Werk erscheint bei S. Fischer, zuletzt ›Toscana mia‹ (2011) und ›Hinter der Kurve‹ (2012).

Almut Gernhardt (1940–1989) studierte an den Kunsthochschulen in Bremen und Berlin Graphik und Malerei. In Frankfurt am Main arbeitete sie als Graphikerin, ab 1973 als freiberufliche Malerin und Illustratorin. Sie lebte und arbeitete in Frankfurt am Main und in der Toskana.

Weitere Informationen, auch zu E-Book-Ausgaben, finden Sie bei www.fischerverlage.de

Robert Gernhardt

EIN GUTES SCHWEIN BLEIBT NICHT ALLEIN

Mit Bildern
von Almut Gernhardt

Fischer Taschenbuch Verlag

MIX
Papier aus verantwortungsvollen Quellen
FSC® C083411
FSC
www.fsc.org

Veröffentlicht im Fischer Taschenbuch Verlag,
einem Unternehmen der S. Fischer Verlag GmbH,
Frankfurt am Main, November 2012

›Ein gutes Schwein bleibt nicht allein‹ erschien erstmals 1980
im Insel Verlag, Frankfurt am Main.
Satz: Pinkuin Satz und Datentechnik, Berlin
Druck und Bindung: CPI – Clausen & Bosse, Leck
Printed in Germany
ISBN 978-3-596-18923-6

Ein gutes Schwein
bleibt nicht allein

Missu und das Glas Milch

Da steht ein Glas auf einem Tisch.
Im Glas ist Milch, die Milch ist frisch.

Die Katze Missu ahnt so was,
noch weiß sie freilich nichts vom Glas.

Aha! Jetzt weiß die Katze mehr.
Das Glas ist voll, ihr Bauch ist leer.

Und hops! Die Katze Missu springt,
was sie dem Glase näher bringt.

Sie riecht am Glas und stellt schnell fest,
dass sich sein Inhalt trinken lässt.

Doch wie? So hat sie noch kein Glück.
Das Glas ist eng, ihr Kopf ist dick.

Ja wie? Da fällt der Katze ein:
Das Glas ist groß, die Pfote klein.

Gedacht, getan, sie stippt ins Glas,
ein Tropfen Milch ist auch schon was.

Schnell wird der Tropfen abgeschleckt,
die Pfote wieder reingesteckt.

Na bitte! Schon ist es geschafft!
Verstand geht über Muskelkraft.

Da sitzt die Katze rund und schwer:
Ihr Bauch ist voll, das Glas ist leer.

Pumpis Woche

MORDTAG

DIEBSTAG

MISTWOCH

DUMMERSTAG

SCHREITAG

KAMPFTAG

SCHONTAG

Das Apfelabenteuer

1. Guck – da stehn drei Bäume, Mann!
Gehen wir mal näher ran!

2. Na – jetzt sieht man ja schon mehr.
Wie, wenn das ein Obstbaum wär'?

3. Sieh mal an, ich glaube fast,
da hängt ein Apfel an dem Ast.

4. Ja, es hängt ein Apfel dran,
jemand schaut ihn gerade an.

5. Jemand, der sich Missu nennt
und noch keine Äpfel kennt.

6. Missu sitzt und guckt und denkt:
»Ob da was zum Essen hängt?«

7. Missu denkt und überlegt:
»Hat das Ding sich nicht bewegt?«

8. Rumms! Der Apfel fällt herunter,
und sofort wird Missu munter.

9. Mit der Pfote stellt sie fest,
dass er sich nicht essen lässt.

10. Nein, der ist ja hart wie ’n Knochen –
doch was kommt da rausgekrochen?

11. Was ist das denn für ein Tier?
Missu ist voll Wissbegier.

12. Ist es etwa eine Schlange?
Missu wird ein bisschen bange.

13. Oder ist’s ein Salamander?
Missu ist ganz durcheinander.

14. Ist’s ein Tier, das Katzen beißt?
Missu weiß nicht, wie es heißt.

15. Doch auf einmal fällt ihr ein:
»Das muss eine Raupe sein!«

16. Eine Raupe, grün und frech –
aufgepasst, gleich ist sie weg.

17. Hurtig, wie auf einer Leiter
kriecht die Raupe immer weiter.

18. Klettert stramm und unbeirrt –
ob ihr da nicht schwindlig wird?

19. Guck! Gleich ist die Raupe oben!
So ein Klettern muss man loben!

20. Schau! So schnell kann so was gehn!
Gleich kann man sie nicht mehr sehn.

21. Da! Nun ist die Raupe weg!
Missu rührt sich nicht vom Fleck.

22. Ob ihr so was auch gelingt?
Missu zögert nicht, sie springt.

23. Hängt und denkt: »Oje, ich glaube,
ich werd' niemals eine Raupe!

24. Klettern macht mir keinen Spaß!«
Missu springt zurück ins Gras.

25. Da liegt noch das rote Ding,
das vorher am Baume hing.

26. Steckt ein zweites Tierchen drin?
Missu legt sich lauernd hin.

27. Missu denkt: »Ich hab ja Zeit.«
Langsam kommt die Dunkelheit.

28. Müde rollt sich Missu ein –
komm, wir lassen sie allein.

29. Auch für uns ist's Zeit zu gehn,
bald kann man ja nichts mehr sehn.

30. Die Geschichte, die ist aus.
Auf! Wir laufen schnell nach Haus!

Das gute Schwein

Da war ein Schwein, das dachte sich:
Man braucht mich nicht, man mag mich nicht,
das muss sich schleunigst ändern.
Ich gehe auf der Stelle fort,
liebt man mich nicht an diesem Ort,
dann vielleicht in andern Ländern.

Das Schwein traf einen Ziegenbock,
der ging an einem Humpelstock.
»Warum denn? Darf man fragen?«
»Ach«, sprach der Bock, »mein Fuß tut weh,
mir fiel ein Stein auf meinen Zeh.«
»Dann will ich dich gern tragen.«

So trug das Schwein den Bock durchs Land,
die Katze rief vom Straßenrand:
»Ach helft mir, es ist wichtig!
Ich kann nicht laufen, nehmt mich mit –
geht es zu zweit, geht's auch zu dritt.«
»Das«, sprach das Schwein, »ist richtig.«

Die drei, die blieben nicht zu dritt,
die lahme Ente kam noch mit.
Nun langt's dem Schwein allmählich.
Doch alle riefen: »Jammer nicht,
wir brauchen dich, wir lieben dich!«
Da war das Schwein sehr fröhlich.

Das Winter-ABC

ABC – die Katze läuft im Schnee.

DEF – sie strebt zu einem Treff.

GHI – der Schnee geht bis zum Knie.

JKL – da kommt wer mit Gebell.

MNO – Wie geht es uns denn so?

PQR – Recht gut. Und Euch, mein Herr?

STU – Schnee deckt die Erde zu.

VWX – mit Spielen ist wohl nix.

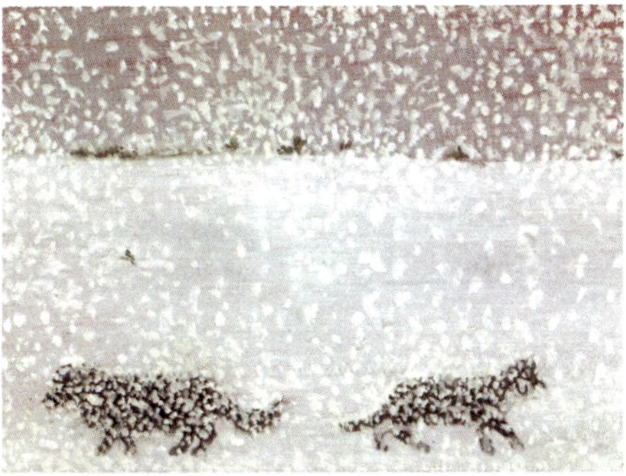

Y und Z – die Katze liegt im Bett.

Die Reise nach Amerika

Es war mal eine Hundeschar,
die ungemein verwegen war.

Ihr Anführer hieß Trulli, und
der war ein ganz geriss'ner Hund.

Zwar war er nicht besonders groß,
doch wo er war, da war was los.

Einst ging die Hundeschar zum Strand,
wo Trulli rasch ein Schlauchboot fand.

»Schaut mal, das Boot!«, schrie er sogleich,
»jetzt fahr'n wir über'n großen Teich!

Hinein ins Boot, hipp, hipp, hurrah!
Und ab geht's nach Amerika!

Ach, ihr habt Schiss? Dann lasst es sein!
Fahrt ihr nicht mit, fahr ich allein!«

Und bald saß Trulli stolz und starr
im Boot, das ganz aus Gummi war.

Gemächlich trieb der Wind es fort,
doch da war noch ein Tier an Bord.

»Ahoi!«, schrie Trulli ganz empört,
»du weißt, dass sich das nicht gehört!

Als Kapitän bestimm ich hier,
hau ab, du blinder Passagier!«

Die Möwe lachte nur und sprach:
»Na gut, der Klügere gibt nach.

Ich fliege fort, Herr Kapitän,
was dann passiert, wirst du schon sehn!«

Erst lachte Trulli auch und schrie:
»Flieg du nur fort, du Federvieh!«

Was dann geschah, verstand er nicht:
Das Boot kam aus dem Gleichgewicht.

Der eine Teil ging in die Höh',
der andre tauchte in die See.

Das war der Teil, auf dem er saß.
Ganz plötzlich wurde Trulli nass.

Schon lag das Boot nicht mehr, es stand –
nun wäre Trulli gern an Land.

Jedoch um ihn, da ist nur Meer –
ach, dass er nie gestartet wär'!

Die See ist tief, kurz ist der Hund,
wer kurz ist, reicht nicht bis zum Grund.

Wer jetzt nicht schwimmen kann, ist dran –
doch ob der Trulli schwimmen kann?

Erst taucht er mal ins Wasser ein –
er wird doch nicht ertrunken sein?

Ach was! Er strampelt, prustet, bellt,
bis er sich über Wasser hält.

Er paddelt, rudert, japst und keucht,
bis er den trock'nen Strand erreicht.

Und alle Hunde schrein: »Sieh da!
Wie war's denn in Amerika?«

Die Ansprache des Katzenpräsidenten

Hier steht wer, den ein jeder kennt,
es ist der Katzenpräsident.

Er spricht zu hunderttausend Katzen,
die alle fast vor Neugier platzen.

»Liebe Katzen! Liebe Kater!
Ich bin euer Landesvater!

Als solcher hab ich Tag und Nacht
stets nur an euer Wohl gedacht.

Ich schaffte, dass im letzten Jahr
stets Milch in euren Schälchen war.

Mit Leber, Lunge, Milz und Niere
versorgte ich euch, liebe Tiere.

Nur mir habt ihr es zu verdanken,
dass auch die Mäusepreise sanken.

Ihr habt ein Paradies auf Erden,
jedoch: Es soll noch besser werden!

Was wollt ihr? Eier, Hühnchen, Braten?
Ab heute dürft ihr mich beraten!

Wer hilft mir von euch Katzentieren?
Wer will von nun ab mitregieren?

Er trete vor! Jawohl! Da ist er:
Herr Pumpi, euer Fressminister!

Schenkt ihr Herrn Pumpi das Vertrauen?
Dann bitt' ich euch, laut zu miauen!«

Die Katzen aber schrien: »Jawoll!
Er ist's, der dich beraten soll!

Miau mioo, mioo miau!
Als Erstes woll'n wir Karpfen blau!«

Robert Gernhardt bei Fischer Klassik

Über alles
Ein Lese- und Bilderbuch
Band 90452

Lichte Gedichte
Band 90450

Lug und Trug
Drei exemplarische Erzählungen
Band 90449

Was das Gedicht alles kann: Alles
Texte zur Poetik
Herausgegeben von Lutz Hagestedt
und Johannes Möller
Band 90451

Fischer Taschenbuch Verlag

fi 555 124 / 1